Die drei ??? Kids

Die Räuberjagd

Von Ulf Blanck und Boris Pfeiffer

Illustriert von Jan Saße

KOSMOS

Umschlaggestaltung von Maria Seidel, Teising,
unter Verwendung einer Illustration von Jan Saße
Textillustrationen von Jan Saße

Unser gesamtes lieferbares Programm und viele
weitere Informationen zu unseren Büchern,
Spielen, Experimentierkästen, DVDs, Autoren und
Aktivitäten findest du unter **kosmos.de**

Gedruckt auf chlorfrei gebleichtem Papier

© 2017, Franckh-Kosmos Verlags-GmbH & Co. KG, Stuttgart
Alle Rechte vorbehalten
ISBN: 978-3-440-15342-0
Redaktion: Katharina Höfelmann
Grundlayout und Satz: DOPPELPUNKT, Stuttgart
Produktion: Verena Schmynec
Druck und Bindung: Print Consult GmbH, München
Printed in Slovakia / Imprimé en Slovaquie

Inhalt

Hilfe, Einbrecher!	4
Spurensuche	10
Polizeiarbeit	19
Eiskalte Ermittlungen	28
Weiße Weste	35
Versteckspiel	43
Der Juwelen-Zauber	49
Bobs Beweis	55
Lösungen	62

Hilfe, Einbrecher!

„Aufwachen, Justus! Raus aus dem Bett!" Das war eindeutig die Stimme von Tante Mathilda.
Justus Jonas rieb sich die Augen.
„Ich komme ja schon", murmelte er.
„Was ist denn los?"
„Peter und Bob warten auf dich", sagte Tante Mathilda. „Unten, beim Kirschbaum. Ich habe sie schon mal mit Kuchen versorgt. Für dich ist auch noch was da!"
Justus konnte es kaum glauben.
Er hatte verschlafen!
Schnell zog er sich an.

Dann lief er hinaus zu seinen Freunden.
Bob hatte gerade eine Handvoll Kirschen gepflückt.
„Mahlzeit, du Schlafmütze", begrüßte er Justus.
„Wir wollten doch heute baden gehen. Wenn du deinen Kuchen gegessen hast, geht es los!"

Doch als die drei ??? zu ihren Fahrrädern liefen, hörten sie auf einmal ein seltsames Geräusch. Es kam vom anderen Ende des Schrottplatzes, auf dem Justus wohnte.

Bob rückte seine Brille zurecht. „Seht doch!", rief er aufgeregt. „Dahinten versucht jemand, über den Zaun zu verschwinden."

Peter zuckte zusammen. „Ist das etwa ein Einbrecher?"

„Los", zischte Justus. „Das müssen wir überprüfen!"

Vorsichtig schlichen die drei ??? zum Zaun. Sie konnten sich gut verstecken, denn dort lagerten alte Ölfässer, Waschmaschinen und Autoreifen.

Die Gestalt hatte anscheinend Mühe, über den hohen Bretterzaun zu klettern.

Überrascht flüsterte Peter: „Seht ihr, was ich sehe? Es ist eine Einbrecherin! Sie trägt ein Kleid mit rosa Blümchen."

Justus nickte. „Stimmt, und einen gelben Sonnenhut. Vom Gesicht kann man nicht viel erkennen."

Bob zückte seine kleine Kamera.
Die hatte er immer dabei.
„Ich werde schnell ein Foto von der
Einbrecherin machen", erklärte er.
„Dann sehen wir weiter."

Bobs Foto

Welches Foto hat Bob aufgenommen?

Findest du es heraus?

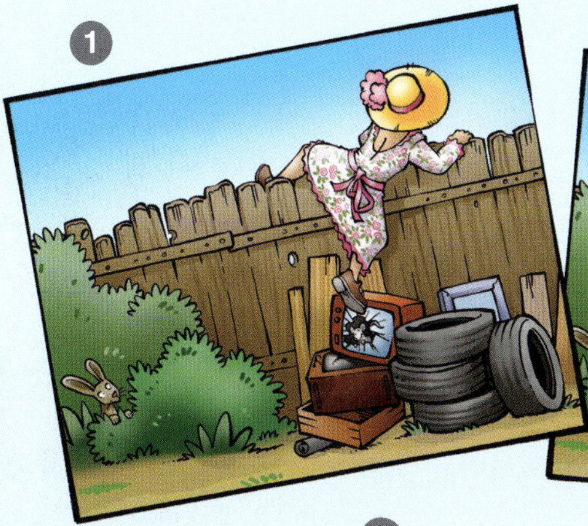

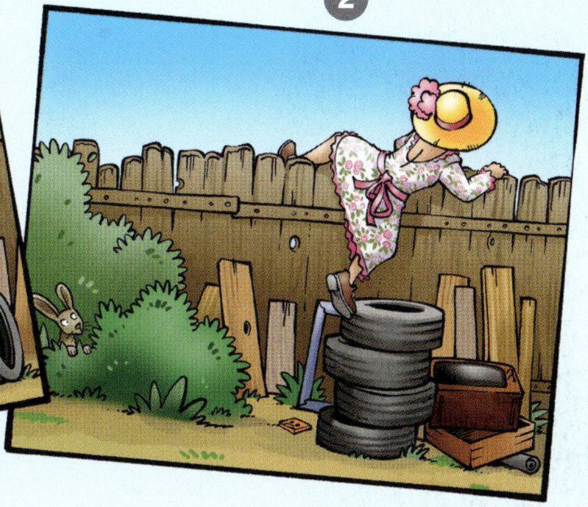

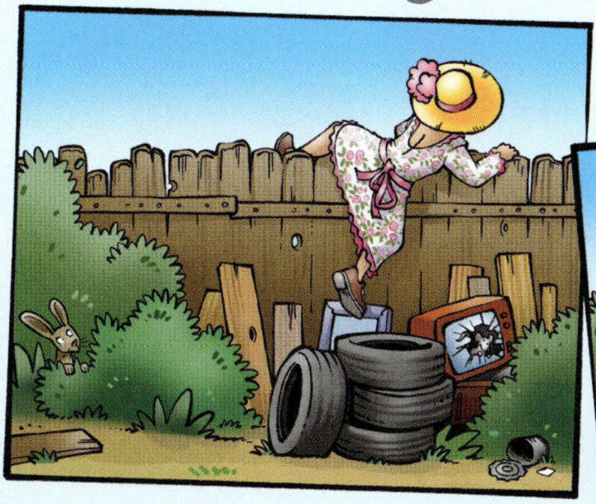

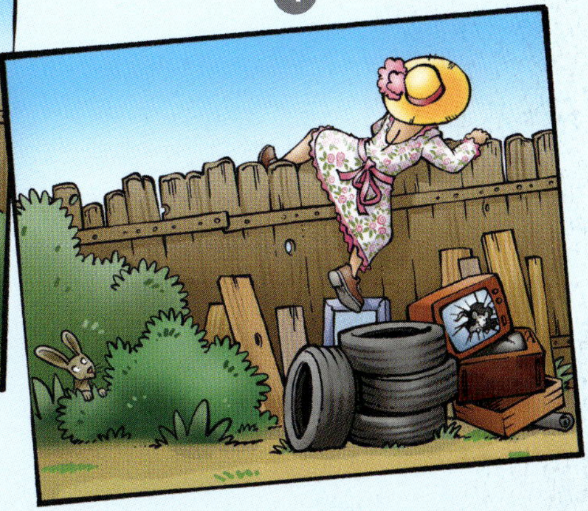

Spurensuche

Mittlerweile war die Einbrecherin verschwunden. Die drei ??? rannten sofort zu Justus' Onkel und erzählten ihm die ganze Geschichte. Aufgeregt lief Onkel Titus zu seinem Schuppen mit Lieblingsschrott.
„Das darf doch nicht wahr sein!", jammerte er. „Die Einbrecherin hat mein Silberbesteck geklaut."
Bob zückte seine Kamera. „Hier sieht man die Einbrecherin. Das Kleid war ganz schön unpraktisch zum Klettern."
Als Tante Mathilda das Foto betrachtete, erschrak sie.

„Das gibt es doch gar nicht!", rief sie. „Das ist unsere Nachbarin, Agatha Miller!"
Onkel Titus blickte auch auf das Foto. „Bist du dir da sicher, Mathilda?", fragte er. „Das Gesicht kann man auf dem Bild doch gar nicht erkennen."
Seine Frau nickte heftig. „Das ist eindeutig ihr Kleid! Und das gibt es nur einmal auf der Welt, denn Agatha hat es selbst genäht."

Bob steckte die Kamera wieder ein.

„Was sagst du dazu, Justus?", fragte er seinen Freund.

Justus knetete seine Unterlippe.

Das tat er immer, wenn er scharf nachdachte.

„Wir stecken mitten in einem spannenden Fall", erklärte er dann. „Es gibt viele Fragen, auf die wir eine Antwort finden müssen. Vielleicht hat die Täterin Spuren am Zaun hinterlassen?"

Die drei ??? liefen noch einmal zum Zaun und sahen sich um.

Plötzlich schien Peter etwas entdeckt zu haben.

„He! Kommt mal alle her!", rief er.
„Ich glaube, ich habe einen Fußabdruck gefunden."
Justus ging in die Knie. „Das scheint wirklich der Fußabdruck der Einbrecherin zu sein. Die Spur ist ganz frisch. Los, Bob, mach ein Foto!"

Bob zückte wieder seine Kamera. „Erledigt! Und jetzt sollten wir eurer Nachbarin einen Besuch abstatten. Sie ist bislang unsere einzige Verdächtige."

Die alte Dame wohnte nur zwei Häuser weiter in einer kleinen Villa. Justus kannte sie gut, denn er half ihr öfter beim Einkaufen.

„Justus! Das ist aber lieb, dass ihr mich besuchen kommt", rief Agatha Miller und strahlte. „Herein mit euch!"

„Entschuldigt, Kinder, dass ich so herumlaufe", erklärte sie und wies auf ihren Hausanzug. „Aber heute ist nun mal mein Putztag." Während sie sprach, fiel Bobs Blick auf eine Vitrine. Darin standen viele schöne Dinge aus Silber: Vasen, Kaffeekannen und kleine Figuren.

„Sammeln Sie Silber?", fragte Bob neugierig.

Die alte Dame lächelte. „Ja, das ist ein Hobby von mir. Warum möchtest du das wissen?"

Bob zuckte mit den Schultern. „Ach, nur so", murmelte er.

„Ihr habt sicher Durst", sagte Agatha Miller. „Ich hole uns etwas zu trinken."

Kurz darauf kam die alte Dame mit einer Kanne Eistee zurück.

Jetzt trug sie ein Kleid mit rosa Blümchen.

„Da bin ich wieder", sagte sie und lachte. „Ich habe mich schnell umgezogen. Denn in einem Hausanzug empfängt man nun wirklich keinen Besuch."

Peter stieß Justus in die Seite. „Da", flüsterte er. „Siehst du? Ist das nicht das Kleid, das die Einbrecherin trug?"

Justus knetete seine Unterlippe.

„Ganz sicher bin ich mir nicht", murmelte er.

Verdächtiges Kleid

Trägt Agatha Miller das gleiche Kleid wie die Person auf dem Foto? Oder gibt es doch einen Unterschied?

Polizeiarbeit

Justus nahm einen Schluck Eistee. „Sind Sie heute Morgen eigentlich schon unterwegs gewesen?", fragte er Agatha Miller.
Die alte Dame sah ihn verwundert an.
„Nein, ich war den ganzen Morgen allein zu Hause. Später werde ich noch ein paar Besorgungen machen. Ich muss mal wieder einkaufen. Und danach gehe ich zur Reinigung, Wäsche abholen."

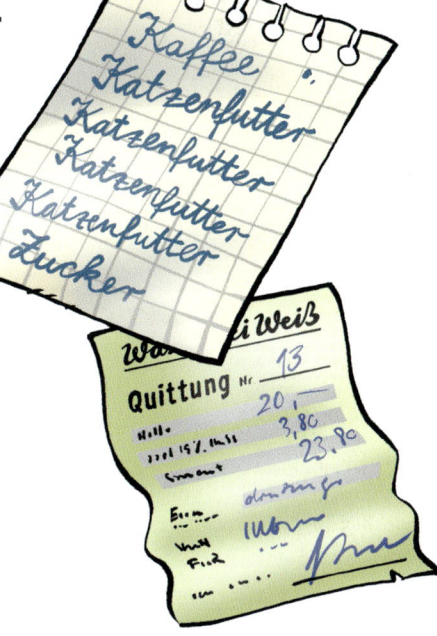

"Dann wollen wir Sie nicht länger aufhalten", sagte Justus.

Die drei ??? verabschiedeten sich und liefen zum Schrottplatz zurück. Dort angekommen, fragte Bob: "Justus, glaubst du wirklich, dass eure Nachbarin das Besteck gestohlen hat?"

"Als Detektiv darf man keine Möglichkeit außer Acht lassen", erklärte Justus. "Außerdem liebt sie Silbersachen."

Peter widersprach: "Aber das Kleid sah nicht haargenau gleich aus. Das habt ihr doch sicher auch bemerkt!"

„Wisst ihr was?", sagte Bob. „Wir fahren jetzt zu Kommissar Reynolds. Die Polizei soll uns helfen."

Die drei ??? schnappten sich ihre Räder und fuhren, so schnell sie konnten. Wenig später betraten sie die Polizeiwache.

In der Wache herrschte hektisches Treiben. Telefone klingelten und Beamte in Uniform rannten hin und her. An den Wänden hingen viele Fotos von gesuchten Verbrechern.

Die drei ??? betraten das Büro von Kommissar Reynolds. Sie waren gut mit ihm befreundet. Denn bei schwierigen Fällen hatten sie schon oft gemeinsam ermittelt.

„Hallo, Jungs!", begrüßte der Kommissar die drei ???.
„Was führt euch zu mir?"

Bob vergeudete keine Zeit. Er zeigte dem Kommissar das Foto der Einbrecherin.

„Diese Person haben wir bei der Flucht beobachtet", erklärte er. „Wahrscheinlich hat sie Silberbesteck auf dem Schrottplatz gestohlen."

Der Kommissar musste sich vor Schreck setzen. „Was?", rief er. „Noch ein Einbruch? Das darf doch nicht wahr sein."

Justus wurde hellhörig. „Gab es denn weitere Einbrüche?"

Der Kommissar nickte ernst.

Peter zeigte auf das Foto. „Und stellen Sie sich vor: Die Person auf dem Foto sieht aus wie die Nachbarin von Justus!"

Der Kommissar raufte sich die Haare. „Das ist ja gerade das Schlimme an der Geschichte: Der Täter verkleidet sich möglicherweise und lenkt den Verdacht dadurch auf Unschuldige!"

„Dann könnte es also auch ein Mann sein", überlegte Bob. „Wurde der Täter denn immer in Kleidern gesehen?"

Kommissar Reynolds schüttelte den Kopf. „Nein", seufzt er. „Mal sah er aus wie der Schornsteinfeger und erbeutete Schmuck. Ein anderes Mal trug er eine Bäckerjacke und raubte eine Geldbörse. Selbst auf Giovanni ist der Verdacht schon gefallen."

Peter erschrak. „Auf Giovanni? Den Besitzer des Eiscafés?"

„Ja, genau", antwortete der Kommissar.

„Mehrere Zeugen haben ihn an seinem weißen Kittel erkannt", fuhr er fort. „Angeblich hat er gestern eine Handtasche gestohlen."
Justus ballte die Faust. „Ich kann nicht glauben, dass Giovanni ein Dieb sein soll", rief er. „Los, wir gehen zu ihm und befragen ihn."
„Aber seid vorsichtig, Jungs!", warnte sie der Kommissar. „Ich mache Schluss für heute. Wenn noch etwas sein sollte, findet ihr mich in der Post oder in der Reinigung."

Gesucht!

Hilf Kommissar Reynolds bei einem Fahndungsplakat. Mit welchen Sätzen kann er den Dieb beschreiben?

GESUCHT

A) Der Dieb verkleidet sich immer als alte Dame.

B) Er schlägt nachts zu.

C) Einmal raubte er Silberbesteck.

D) Der Dieb isst gern Eis.

E) Er wurde mehrfach beobachtet.

Hinweise an die Polizei

Eiskalte Ermittlungen

Giovannis Eiscafé befand sich direkt neben der Polizeiwache auf dem Marktplatz. Im Schatten bunter Sonnenschirme standen viele kleine Tische.

Als Giovanni die drei ??? sah, winkte er ihnen freundlich zu. „Hallo, Jungs. Was darf es denn heute sein?"

Justus ging auf den Eistresen zu und sagte leise: „Diesmal wollen wir kein Eis. Wir haben nur ein paar Fragen."

Giovanni blickte ihn verwundert an. „Kein Eis? Nur Fragen? Was ist denn mit euch los?"

Jetzt mischte sich Bob ein. „Also, gestern ist einer Frau die Tasche gestohlen worden."

Der Eisverkäufer riss die Augen auf. „Was? Aber was habe ich damit zu tun?"

Justus antwortete: „Zeugen haben jemanden beobachtet, der so aussah wie Sie. Der Täter trug auch so einen weißen Kittel."

Giovanni konnte kaum glauben, was er da hörte.

„Was?", rief er. „Und jetzt werde ich verdächtigt? Ich hab noch niemals etwas gestohlen. Nein, ich verschenke eher etwas. Hier, bitte! Für jeden von euch gibt es eine große Kugel Zitroneneis gratis."

Und schon hielt jeder der drei ???
eine Eiswaffel in der Hand.
Plötzlich hörte man von der anderen
Seite des Marktplatzes laute Schreie:
„Hilfe! Hilfe! Überfall!"
Giovanni ließ vor Schreck die Eiskelle
fallen und bekleckerte seinen weißen
Kittel. „Mamma mia! Was ist denn da
los? Und jetzt habe ich mich auch
noch bekleckert. Gerade heute
Morgen kam der Kittel frisch
gewaschen aus der
Reinigung!"
Aufgeregt rannten die drei ??? über
den Marktplatz. Justus musste seine
Eiswaffel gut festhalten.

„Schnell, Freunde!", keuchte er. „Die Rufe kamen aus dem Laden von Porter."

In der Eingangstür stand kreidebleich der Kaufmann.

Peter war wie immer der Schnellste und rannte auf ihn zu. „Mister Porter!", rief er. „Was ist los?"

Mister Porter rang nach Luft. „Ich bin überfallen worden. Mitten am Tag. Alle Geldscheine aus der Kasse sind weg. Ich habe den Räuber nur noch von hinten gesehen."

Justus warf einen Blick auf die leere Kasse und fragte: „Haben Sie schon die Polizei gerufen?"
Der Kaufmann zog die drei ??? zu sich in den Laden. Ängstlich sah er sich um. „Jungs, ich bin mir nicht sicher, ob die Polizei mir helfen wird. Denn der Räuber trug eine Uniform. Und zwar die Uniform von Kommissar Reynolds!"

Ein rätselhafter Räuber

In welcher Kleidung hat der Räuber welche Beute gemacht? Verbinde.

Weiße Weste

Peter konnte es nicht fassen.
„Unglaublich! Kommissar Reynolds hat das Geld aus Ihrer Kasse gestohlen?"
Mister Porter sank auf einen Stuhl.
„Darum habe ich mich nicht getraut, bei der Polizei anzurufen", sagte er leise. „Wem soll ich denn jetzt noch vertrauen?"
Die drei ??? sahen einander an.
„Uns können Sie vertrauen, Mister Porter", versprach Justus. „Wir übernehmen den Fall."
Peter und Bob nickten.

Als die drei ??? das Geschäft verließen, schloss Mister Porter hinter ihnen sofort die Tür ab.

Peter konnte es immer noch nicht glauben. „Was für eine Geschichte. Jetzt haben wir schon drei Verdächtige: Justus' Nachbarin, Giovanni und Kommissar Reynolds."

Plötzlich zuckte Justus zusammen. „Mir kommt da gerade ein Gedanke. Ist das nicht seltsam: Alle unsere Verdächtigen haben etwas von der Reinigung erzählt."

Bob nickte. „Stimmt. Eure Nachbarin wollte dort am Nachmittag noch ihre Wäsche abholen. Giovanni hat gesagt, dass er erst heute Morgen seinen frisch gewaschenen Kittel wiederbekommen hat. Und Kommissar Reynolds ist wahrscheinlich gerade auf dem Weg dorthin."

Justus stieg entschlossen auf sein Rad. „Los, auf zur Reinigung!", rief er. „Vielleicht erhalten wir dort einen neuen Hinweis – und treffen Kommissar Reynolds."

Die Reinigung lag weit draußen am Stadtrand. Im Schaufenster hing ein Schild:

Keiner wäscht weißer als Wilbert Weiß!

Als die drei ??? die Tür öffneten, bimmelte es.

„Ich komme ja schon!", hörten sie eine Stimme. Hinter dem Tresen sah man unzählige Kleiderständer. Ein Mann schob sich jetzt zwischen den Wäschestücken hindurch. „Was ist, Jungs?", fragte er. „Sollt ihr für eure Eltern Wäsche abholen?"

Justus antwortete: „Nein, wir suchen Kommissar Reynolds."

„Den Kommissar? Der ist seit einer Minute wieder weg", erklärte der Mann. „Er hat seine frisch gewaschene Ersatzuniform abgeholt. Kann ich sonst noch was für euch tun?"

Bob wollte den Besitzer der Reinigung in ein Gespräch verwickeln.

„Ja, ich hätte noch eine Bitte."

Mit diesen Worten zog Bob seine Turnschuhe aus. Dann seine Socken. Diese legte er auf den Tresen.

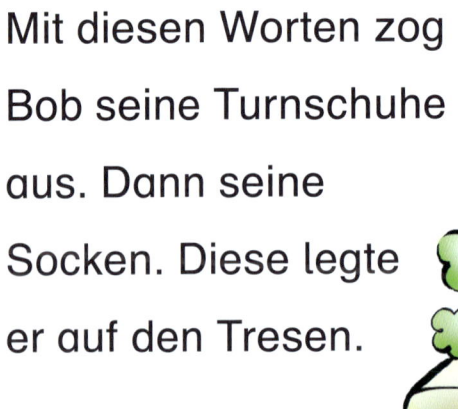

„Können Sie die bitte für mich waschen?", fragte er.
Der Besitzer der Reinigung hob angewidert die Socken hoch.
„Das sind ja meine Lieblingsaufträge", murrte er. „Stinkesocken! Wie soll ich mit solch kleinen Aufträgen meine Miete für den Laden zahlen? Und die Sockenpaare nach dem Waschen wieder zu sortieren, dauert ewig. Aber, na schön … Du kannst sie morgen abholen."
Dann verschwand der Mann wieder hinter den Kleiderständern.

Werbung für die Reinigung

Kannst du unten in die Lücken die Buchstaben von der Leine einsetzen?

Keiner w__scht weißer als Wilbert Weiß.
Immer eine w__iße W__ste!
So fr__sch wie Fisch von F__schers Fritze.
S__per-Socken-S__nderangebot!

Versteckspiel

Justus klopfte Bob anerkennend auf die Schulter.

„Genialer Trick!", flüsterte er. „Jetzt wissen wir mehr. Der Mann hat Probleme, seine Miete zu zahlen. Das könnte ein Grund sein, andere zu bestehlen."

In diesem Moment hörten sie, wie sich draußen jemand dem Laden näherte. Justus zeigte auf zwei riesige Wäschekörbe, die neben dem Tresen standen. „Schnell!", zischte er. „Wir verstecken uns dahinter. Vielleicht erfahren wir noch mehr."

Aus ihrem Versteck konnten die drei Detektive beobachten, wie ein Mann die Reinigung betrat.

Es dauerte nicht lange, und Mister Weiß erschien wieder zwischen den Kleiderständern.

„Guten Tag", grüßte er mürrisch. „Was abholen oder was abgeben?"

Der Fremde legte eine Plastiktüte auf den Tresen. „Ich möchte etwas abgeben, mein Herr. Ein dringender Auftrag. Das hier ist mein Zaubererkostüm. Es muss vor meinem nächsten Auftritt gewaschen werden."
Mister Weiß grinste. „Wenn Sie wirklich ein Zauberer sind … warum zaubern Sie es dann nicht einfach selbst sauber?"
Er lachte. Dann schüttete er den Inhalt der Tüte aus. „Mal sehen, was haben wir denn da? Jacke, Hose und Hut. Perfekt."

Der Zauberer wunderte sich. „Was ist daran perfekt, mein Herr?"

Der Besitzer der Reinigung schob alles wieder in die Tüte. „Perfekt, weil ich es perfekt bei vierzig Grad waschen kann." Er schien etwas nervös zu werden.

Der Zauberer reichte ihm die Hand. „Sehr gut", sagte er. „Dann kann ich mich ja auf Sie verlassen. Bis morgen Abend brauche ich alles wieder. Denn ein Zauberer ohne Kostüm ist kein Zauberer und kann nicht auftreten. Auf Wiedersehen."

Als der Zauberer gegangen war, pfiff Wilbert Weiß vergnügt vor sich hin.

„Was für ein schöner Tag!", freute er sich. „Jetzt habe ich auch noch ein Zaubererkostüm. Schnell die beiden großen Wäschekörbe leeren, dann geht es weiter."
Peter wurde blass, als er das hörte.
„So ein Mist!", flüsterte er.
„Der kommt direkt auf uns zu und will die Körbe holen. Was sollen wir denn jetzt machen?"

Der Unsichtbar-Zauber

Wenn die drei ??? sich doch nur wegzaubern könnten! Vielleicht hilft ja einer der Sprüche unten? Setze sie wieder zusammen.

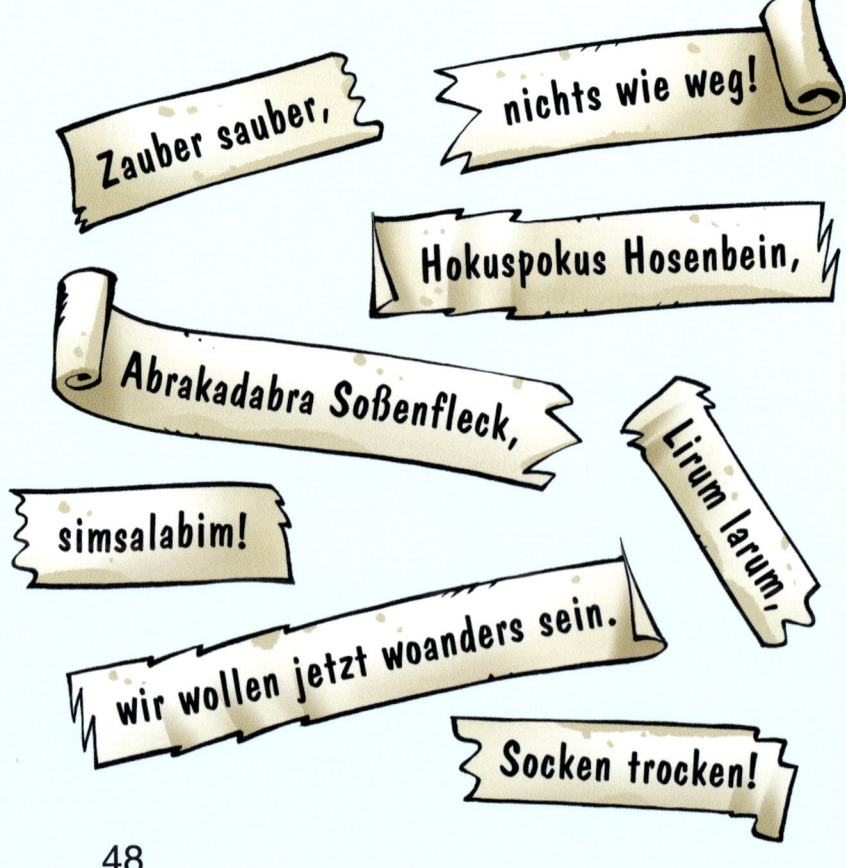

Der Juwelen-Zauber

Immer dichter kam Wilbert Weiß an die drei ??? heran.

Peter schloss ängstlich die Augen.

„Oje, gleich sieht er uns."

Doch im letzten Moment kehrte der Besitzer der Reinigung um.

„Ach was", sagte er zu sich selbst.

„Die Wäschekörbe können warten.

Jetzt wird ein bisschen gezaubert."

Die drei ??? ahnten schon, was geschehen würde. Vorsichtig wagten sie einen Blick.

Wilbert Weiß zog das Kostüm des Zauberers an. Zum Schluss setzte er den Hut auf. Grinsend betrachtete er sich im Spiegel.

„Der Trick gefällt mir", sagte er und lachte. „Und das ist nur der Anfang. Willkommen im Zirkus Weiß!"

Er rückte noch einmal seinen Hut zurecht. Dann eilte er zur Tür und verschwand.

Bob kam aus seinem Versteck. „Das darf doch nicht wahr sein", rief er. „Was hat er nur vor?"
„Ich befürchte, nichts Gutes", antwortete Justus. „Schnell, folgen wir ihm!"
Die drei ??? schnappten ihre Räder und fuhren zurück zum Marktplatz. Als sie am Brunnen hielten, hörten sie schon laute Schreie. Diesmal kamen sie aus dem Juweliergeschäft: „Überfall! Räuber! Hilfe!"

Die drei ??? liefen zum Geschäft. Doch da wurde auch schon die Tür des Ladens aufgestoßen, und ein Zauberer rannte heraus.

Der verzweifelte Juwelier bekam ihn nicht mehr zu fassen und rief: „Wo ist die Polizei, wenn man sie braucht?"

„Los, den schnappen wir uns!",
rief Bob, als der Räuber in einer
Seitengasse verschwand.
Doch er wurde von Justus
zurückgehalten: „Nein, das ist zu
gefährlich. Wer weiß, wozu der fähig
ist. Das ist jetzt Sache der Polizei.
Wir müssen sofort zu Kommissar
Reynolds."

Verfolgungsjagd

Welchen Weg müssten die drei ??? nehmen, um den Räuber noch zu fangen?

Bobs Beweis

Vor der Polizeiwache stand schon der Juwelier. „Unglaublich!", rief er. „Da werde ich von einem Zauberer ausgeraubt!"
Kommissar Reynolds kam aus der Wache. „Was ist denn hier los?", fragte er.
In wenigen Worten berichtete der Juwelier, was sich zugetragen hatte. „Und ich weiß, wer es war", rief er am Ende. „Es war ganz sicher der Zauberer vom Zirkus Fillippi. Ich war gestern noch dort."

„Ihrem Hinweis werde ich auf jeden Fall nachgehen!", versprach Kommissar Reynolds.

In diesem Moment kam Wilbert Weiß auf den Marktplatz. Er trug eine blaue Hose und ein weißes Hemd. „Guten Tag, meine Herren", grüßte er fröhlich. „Gibt es hier was zu feiern?"

Justus rannte wütend auf ihn zu. „Bleiben Sie stehen!", rief er. „Sie sind der Räuber, den wir eigentlich suchen."

„Was fällt dir ein?", entgegnete Wilbert Weiß. „Sehe ich etwa aus wie ein Verbrecher?"

„Justus, ich verstehe auch nicht, wie du darauf kommst", sagte Kommissar Reynolds.

Justus' Stimme bebte. „Wilbert Weiß hat die Kleidung angezogen, die bei ihm zur Reinigung abgegeben wurde: das Kleid, Giovannis Kittel, das Kostüm des Zauberers … Der Verdacht sollte immer auf andere fallen. Und in welcher Kleidung hat er Mister Porter ausgeraubt?", fragte er Kommissar Reynolds. „In Ihrer Ersatzuniform!"

Der Kommissar staunte. „Das sind ja ungeheuerliche Behauptungen. Was sagen Sie dazu, Mister Weiß?"

Mister Weiß lächelte nur. „Für all das gibt es keinen Beweis."

Da mischte sich Bob ein. „Oh, doch! Ich habe auf dem Schrottplatz den Schuhabdruck des Einbrechers fotografiert!"

Der Kommissar betrachtete neugierig das Bild.

„Das wäre tatsächlich ein Beweis", erklärte er. „Aber nur, wenn der Abdruck auch zu den Schuhen von Mister Weiß passt."

Konzentriert verglich der Kommissar das Foto mit dem Schuhprofil von Wilbert Weiß. Dieser wurde immer nervöser.

Schließlich stand für Kommissar Reynolds fest: „Das ist eindeutig Ihr Schuhabdruck, Mister Weiß. Sie sind verhaftet."

Rasch legte er dem Räuber Handschellen an. Dann überprüfte er die Taschen von Wilbert Weiß und fand darin den Schmuck des Juweliers. Das Zaubererkostüm entdeckte man später hinter einem Mülleimer.

Der Kommissar reichte den drei ??? die Hand. „Gratulation. Ohne eure Hilfe hätten wir den Täter nie gefasst. Wie kann ich mich nur bei euch bedanken?"

Bob trat vor. „Also, ich hätte da eine Idee … Fahren Sie mit uns noch mal zur Reinigung? Ich brauche dringend meine Socken wieder."

Darüber mussten alle laut lachen.

Der Fall war endgültig gelöst.

Der Schuhabdruck

Welcher Schuh gehört Wilbert Weiß?

Lösungen

Seite 9: Bob hat Foto ④ aufgenommen.

Seite 18: Es ist nicht das gleiche Kleid. Die Blumen auf den beiden Kleidern unterscheiden sich.

Seite 27: Die Sätze C) und E) können für das Plakat verwendet werden.

Seite 34:

Seite 42: Die Werbesprüche lauten:
Keiner wäscht weißer als Wilbert Weiß.
Immer eine weiße Weste.
So frisch wie Fisch von Fischers Fritze.
Super-Socken-Sonderangebot!

Seite 48: Die Zaubersprüche lauten:
Zauber sauber, simsalabim!
Hokuspokus Hosenbein, wir wollen
jetzt woanders sein.
Abrakadabra Soßenfleck,
nichts wie weg!
Lirum larum, Socken trocken!

Seite 54: Die drei ??? müssen
Weg ❸ nehmen.

Seite 61: Schuh ❺ gehört Wilbert Weiß.

Ein spannender Fall für Justus, Peter und Bob

64 Seiten, ca. 64 FarbIllustrationen,
ca. €/D 7,99

Die drei ??? tüfteln an einer geheimen Erfindung – bis sie plötzlich geklaut wird. Justus, Peter und Bob wollen den Täter überführen: mit Zaubertinte!

Lesen lernen ist schwer? Nicht mit dieser spannenden Geschichte, die auch Leseanfänger ab Klassenstufe 2 leicht bewältigen können. Illustrationen und ein Leserätsel am Ende jedes Kapitels machen den Band abwechslungsreich, sorgen für Erfolgserlebnisse und erhöhen die Lese-Motivation. So macht der Einstieg ins selbstständige Bücherlesen einfach Spaß.